내 사랑스런 개코원숭이

SEOUL, 2009

내 사랑스런 개코원숭이

초판 제1쇄 발행일 2009년 1월 15일
초판 제40쇄 발행일 2022년 3월 20일
글 울프 닐손 그림 크리스티나 디그만 옮김 황덕령
발행인 박헌용, 윤호권 발행처 (주)시공사
주소 서울시 성동구 상원1길 22, 6-8층 (우편번호 04779)
대표전화 02-3486-6877 팩스(주문) 02-585-1247
홈페이지 www.sigongsa.com/www.sigongjunior.com

MIN LILLA APA by Ulf Nilsson and Kristina Digman
Text ⓒ Ulf Nilsson, 2008
Illustrations ⓒ Kristina Digman, 2008
All rights reserved.
Korean Translation Copyright ⓒ 2009 by Sigongsa Co., Ltd.
This Korean edition was published by arrangement with
Bonnier Group Agency, Stockholm through MOMO Agency, Seoul.

ISBN 978-89-527-8619-7 74890
ISBN 978-89-527-5579-7 (세트)

*시공사는 시공간을 넘는 무한한 콘텐츠 세상을 만듭니다.
*시공사는 더 나은 내일을 함께 만들 여러분의 소중한 의견을 기다립니다.
*잘못 만들어진 책은 구입하신 곳에서 바꾸어 드립니다.

KC마크는 이 제품이 공통안전기준에 적합하였음을 의미합니다.
제조국 : 대한민국 사용 연령 : 8세 이상
책장에 손이 베이지 않게, 모서리에 다치지 않게 주의하세요.

내 사랑스런 개코원숭이

울프 닐손 글
크리스티나 디그만 그림
황덕령 옮김

시공주니어

첫 번째 이야기

나는 들판을 따라 길을 걷고 있었어요. 강 위에
놓인 다리를 지나 커다란 나무들이 있는 곳으로
걸어갔지요. 그곳에는 개코원숭이들이 살고 있어요.

밤이면, 원숭이들은 큰 나무 아래에 모여 잠을 자요.
낮에는 돌멩이를 가지고 놀기도 하고, 길가에 있는
풀잎을 따기도 하지요.
　내가 근처에 다다랐을 때, 수컷 개코원숭이가
우는 소리가 들렸어요.

　나는 살금살금 개코원숭이들한테 다가갔어요.
새끼 개코원숭이들은 겁이 났는지 서둘러 나무 위로
올라가 버렸어요. 그래서 난 풀밭에 앉아 가만히
기다리기로 했지요. 그런데 가장 힘이 세 보이는
대장 개코원숭이가 다가오더니 나를 가만히
바라보는 거예요! 나보다 두 배는 더 크고 코는 정말
개 코 같았어요. 곰처럼 털이 복슬복슬했고요.
　순간, 그 대장 녀석이 나한테 이빨을 보여 주는
거예요. 대장의 이빨은 날카로운 칼처럼 길고
희었어요.

얼마 뒤, 대장은 다른 방향으로 몸을 휙 틀고는
배를 벅벅 긁었어요. 이젠 나한테 전혀 신경도 쓰지
않는 눈치였어요. 그냥 자기들을 해치기엔 너무
작은 아이라고 생각하고는 안심하는 것 같았어요.
　어미 개코원숭이 한 마리가 그 힘센 대장
개코원숭이 쪽으로 다가가기 시작했어요. 새끼
원숭이가 어미 원숭이 엉덩이 위에 타고 있었지요.
난 그렇게 작은 새끼 원숭이는 태어나서 처음
보았어요! 새끼 원숭이는 대장 원숭이에게로
기어가서 대장의 등을 가려 주었어요. 곧 다른
원숭이들이 모두 나무에서 내려왔어요. 어린
원숭이들은 이리저리 뛰어다니며 서로 쫓기도 하고
장난을 치기도 했어요. 또 다른 원숭이 몇몇은
따뜻한 아스팔트 길 위에 배를 대고 엎드리기도
했어요. 그때, 그 새끼 원숭이가 기우뚱거리며
나에게 다가왔어요. 정말 작은 아기 원숭이였어요.

 '개코원숭이'는 이곳 남아프리카에 살고 있는
'차크마 바분'이라는 원숭이 종류예요. 이름이 조금
어렵지요? 그래서 나는 그냥 간단하게 '원숭이'라고
불러요.

아기 원숭이는 내 옆에 앉아서 나를 오랫동안
바라보았어요. 나도 아기 원숭이를 바라보았고요.

나는 아기 원숭이를 보고 말했어요.

"넌 정말 귀엽게 생겼구나! 내 사랑스런 아기
원숭이!"

아기 원숭이는 자기 꼬리 위에 무릎을 구부리고
앉아 있었어요. 난 아기 원숭이의 그 앙증맞은
꼬리를 가만히 쓰다듬어 주고 싶었어요. 그렇게
우리는 서로를 바라보았지요.

그때 동네 아저씨 한 분이 우리가 있는 그 길을
지나가고 있었어요.

남아프리카의 남쪽 아래에 있는 이곳 허머너스
마을에는 개코원숭이에게 화가 난 사람들이 많아요.
개코원숭이 무리를 무서워하는 사람들도 많이
있고요.

길을 가던 아저씨가 소리쳤어요.

"어이! 저리 가!"

개코원숭이들을 쫓아 버리기 위해서였지요.
꼬리 위에 앉아 있던 내 아기 원숭이도 놀라서
엄마 원숭이에게로 달아났어요. 아저씨는 길가에서
돌멩이를 몇 개 주워서는 원숭이들에게 던지기까지
했어요. 원숭이들은 모두 큰 나무로 달아났어요.
그러고는 나무 위로 올라가 버렸지요. 그 큰 대장
개코원숭이만 홀로 나무 기둥 옆에서 다른
원숭이들을 지키고 서 있었어요.

아저씨가 내 옆을 지나갔어요. 나는 아저씨에게
먼저 인사했어요.

"아저씨, 안녕하세요?"

아저씨는 풀밭 속에서 나오는 나를 보고 조금
놀라는 것 같았어요.

"너 여기에 개코원숭이들이 있는 줄 몰랐니?
무섭지 않았어?"

"아니요, 저는 오히려 더 가까이 다가가고

싶었는걸요?"

난 정말 그 아기 원숭이를 쓰다듬어 주고, 그
귀여운 꼬리를 만져 보고 싶었어요.

아, 좋은 생각이 떠올랐어요!

나는 집으로 가서 뭔가를 가져오기로 했어요.
풀밭으로 돌아왔을 때, 원숭이들은 이미 저 멀리
가 버린 뒤였어요. 나는 원숭이들에게 다시
다가갔어요. 대장 원숭이가 나를 봤지만, 역시 신경
쓰지 않는 듯했어요. 나는 원숭이들이 나를 보지
못하게 몸을 낮춰 풀숲에 쪼그리고 앉았어요.
그러자 어린 원숭이들 몇몇이 궁금해하며
다가왔지요. 그중에서도 가장 호기심이 가득했던
녀석은 그 아기 원숭이였어요. 다른 원숭이들이
모두 다 가 버린 뒤에도, 우리 둘은 남아서 서로를
한참 동안 바라보았어요.

　아기 원숭이는 그 조그마한 두 눈으로 내 눈을
들여다보았어요. 그때 난 아기 원숭이에게
바나나를 내밀었어요.

　어른들은 개코원숭이에게 음식을 줘서는 안
된다고 그랬어요. 그렇지만, 나는 그저 아기
원숭이를 쓰다듬어 주고 싶었을 뿐이에요.
　아기 원숭이는 바나나를 보더니 내게로 가까이

다가왔어요. 그러더니 바나나를 들어 올리려고
끙끙거렸어요. 하지만 바나나가 너무 크고 무거운지
몸집이 작은 아기 원숭이는 바나나를 들어 올리지
못했어요. 그러는 동안 바나나를 본 다른
원숭이들이 달려와서는 잽싸게 바나나를 집었어요.
이렇게 맛있고 싱싱한 음식이라면 원숭이들이
순식간에 먹어 치우기 마련이지요. 껍질까지
말끔히요!

　나는 집으로 발걸음을 돌렸어요. 원숭이들이 나를
따라오기 시작했어요. 맛있는 바나나를 더 얻어먹을
수 있을지도 모른다고 생각한 거죠. 커다란 대장
원숭이가 소리를 질러 대기 시작했어요. 그 순간 난
너무 놀라고 무서워서 가슴이 쿵쾅쿵쾅 뛰었어요.
하지만 달릴 용기가 나지 않아 침착하게 걸었어요.
다행히도 나를 따라오던 원숭이들은 다리 근처에서
멈췄어요. 아기 원숭이는 다리 난간에 앉아 집으로
돌아가는 나를 바라보고 있었어요.

두 번째 이야기

그로부터 몇 주가 흘렀어요. 어느 날 오후, 학교에서 돌아왔더니 집 앞에 경찰차 한 대가 서 있는 게 아니겠어요? 엄마 아빠는 아직 회사에서 돌아오지 않을 시간이었지요. 경찰차는 우리 집 잔디밭을 가로질러 달려갔어요. 파란 불빛이 깜빡이고 사이렌이 요란하게 울렸어요. 개코원숭이가 우는 소리도 함께 들렸어요.

경찰 아저씨 한 명이 확성기에 대고 뭐라 뭐라
소리쳤어요. 다른 경찰 아저씨는 내가 집에 들어가지
못하게 막았어요.

"잠시 옆집에 가 있거라."

우리 동네엔 가끔 개코원숭이가 사람들이 사는 집
정원에 들어오기도 하거든요. 아주 가끔은 집 안까지
들어오기도 하지요.

옆집에 사는 토이트 아주머니가 말했어요.

"당분간 나랑 같이 있자꾸나."

나는 아주머니와 함께 아주머니네로 가서는 거실
소파에 앉았어요. 탁자에는 커다란 바구니에
바나나가 가득 담겨 있었어요.

아주머니가 다정하게 물었어요.

"바나나 좀 먹으련?"

"아니요, 괜찮아요. 그런데 대체 무슨 일이 일어난
거예요?"

아주머니는 내가 없을 때 무슨 일이 있었는지
하나하나 말하기 시작했어요.

"오늘이 마침 청소하는 날이라서 모두들
쓰레기봉투를 길가에 내다 버렸단다. 그런데
청소차가 도착하기 전에 개코원숭이들이 나타났지
뭐야! 그놈들이 쓰레기봉투를 마구 뒤지며 음식을
찾는 거야. 어찌나 정신이 없던지. 사과며 먹다 남은
피자며 소시지 조각이며 감자며……, 길가에 버려둔

쓰레기란 쓰레기는 죄다
마구 풀어 헤치더라.
쓰레기를 뒤지면서
음식물 쓰레기들을
얼마나 먹어 대는지.
지금도 머리가 다
아프구나. 다행히
얼마 있다가 청소차가
나타나 그놈들을

내쫓았어. 청소부 아저씨들이
커다란 쓰레기봉투를 가지고 와서 거리에 널린
쓰레기를 모두 쓸어 담았지. 그런데, 그놈들이
쪼르르 우리 집 마당에 들어왔지 뭐니! 나무에 열려
있던 사과를 먹어 치우는데……. 내 사랑하는
강아지 웁시가 그놈들을 쫓아 보려고 짖어 댔지만,
그놈들 중에 웬 커다란 원숭이가 나타나 이빨을

보이면서 우리 불쌍한 움시를 겁주는 거야. 꼭
움시를 잡아먹을 것만 같았다니까!"

아주머니는 얘기하면서 거의 울려고 했어요.

"그때 내가 밖으로 뛰쳐나가 소리를 질렀지.
그리고 그 커다란 원숭이 녀석에게 베개를 집어
던졌어. 그랬더니, 그놈들이 이제는 너희 집
정원으로 숨어들지 않겠니?"

아주머니는 움시를 품에 안았어요. 그러고는
이야기를 계속했어요.

"어쩜 그런 놈들이 다 있는지, 원. 내가 다
이야기해 주마. 들어 보렴."

"개코원숭이 놈들이 너희 집 주변을 두리번거리며
돌아보더니, 창문이며 문을 다 건드려 보는 거야.
그리고는 조금 열려 있던 창문 하나를 발견했지.
네 엄마가 창문 잠그는 걸 깜빡하셨던 거 같아.

암컷 개코원숭이가 창문을 열어 보려고 낑낑댔지만,
틈이 아주 조금만 열려 있는 바람에 몸을 밀어 넣을
수 없는 것 같았어. 그런데 그때 아주 조그마한
원숭이가 그 좁은 틈새로 몸을 밀어 넣는 거야!"

나는 갑자기 귀가 번쩍했어요.

"조그마한 원숭이라고요?"

"응, 지금까지 본 원숭이 중에서 가장 작은
원숭이였어."

"꼬리가 길고, 귀여운 아기 원숭이 아니었어요?"

토이트 아주머니는 고개를 끄덕였어요.

"그래, 그 작은 원숭이가 그 틈새로 들어가서는
창문을 열지 않겠니? 그래서 다른 원숭이들이 너희
집 거실로, 부엌으로 우르르 쏟아져 들어갈 수
있었던 거야. 뛰고 구르고……. 오! 세상에, 말도
마라."

내가 아주머니에게 물었어요.

"그래서요? 그래서 어떻게 됐어요?"

"내가 다 봤단 말이지. 먼저 난 우리 집으로 가서
웁시를 소파에 앉혔어. 혹시나 우리 웁시가 그런
난장판을 보면 안 되거든. 많이 놀랄 테니깐."

나는 마음이 급해서 아주머니를 재촉했어요.

"그다음에는요?"

"나도 많이 놀라서 진정제를 먹었단다."

"그래서요? 그다음은요?"

"다시 너희 집으로 가서 창문으로 안을
들여다봤는데……. 세상에, 정말 기가 막혔단다!"

나는 창밖을 내다보았어요. 우리 집으로 경찰차
한 대가 더 들어오고 있었어요. 앞으로 또 무슨
일이 일어날까요?

"그 녀석들이 유리그릇에 담긴 과일을
발견하고는 서로 사과를 차지하겠다고 다투는
바람에 유리그릇이 바닥에 떨어져서 산산조각이
났지 뭐야. 그러고 나서는 꽃병을 깨부수더니
꽃병에 담겨 있던 꽃을 반이나 먹어 치웠어. 너희

집에 있는 아름다운 천장 조명도 다 물어뜯고
말이지! 소파에서 뛰고 구르고, 쿠션들도 마구 찢고,
스탠드며 커튼이며 다 이리저리 던지고 뜯어 버렸어.
책장에서는 책들을 모조리 끄집어내고, 찬장에서는
양념 통들을 죄다 끄집어내더라고. 그러고는 양념 통
뚜껑을 하나씩 다 열어 보고는 맛을 보고 내팽개치지
않았겠니?"

나는 걱정이 되어 물었어요.

"그럼 다 쏟아졌겠네요? 우리 엄마가 엄청 싫어할
텐데……."

"아까 말한 그 아기 원숭이 녀석은 비누까지
먹더구나."

토이트 아주머니가 계속해서 말했어요.

"세제 통에서 세탁용 세제도 조금 먹은 거 같아."

"앗, 세제라고요? 그걸 왜 먹고 난리람. 몸에 진짜
안 좋을 텐데!"

나는 정말 걱정이 되었어요.

"그래서 아기 원숭이는 어떻게 됐어요?"

"글쎄, 그것까지는 기억이 잘 나지 않는구나. 그때 마침 그 커다란 원숭이 놈이 결국 냉장고 문을 열었거든."

"잘 생각해 보세요!"

"그 아기 원숭이는 이 층으로 올라갔던 것 같아.
배가 아픈 모양이었어. 다른 원숭이들은 냉장고에서
음식들을 몽땅 끄집어내서 우유를 마시고, 치즈를
먹고, 소시지를 길게 늘어뜨리고 그러더라고!
당근을 가지고는 자기들끼리 서로 주거니 받거니

하면서 놀지를 않나. 참, 용케 냉동실 문도 열어서
아이스크림도 찾아냈지 뭐니! 한마디로 태풍이
지나간 거 같았어. 난리도 아니었지. 마지막으로
밀가루랑 설탕 봉지를 발견하고는 마구 뿌려
대는데, 마치 온 집 안에 눈이라도 내린 것처럼
만들어 버렸단다! 그런데 문제는 이게 끝이
아니라는 거야!"

"이걸 어떻게 말해야 좋을지 모르겠구나."
토이트 아주머니는 진정제가 담긴 약상자를
꺼내면서 말했어요.
"원숭이 놈들이 우리처럼 화장실에서 볼일을
보지는 않잖니. 휴, 말도 마라. 그놈들이 집 안
구석구석을 돌아다니면서 여기저기 싸고 엉덩이를
바닥에 비벼 대고……. 아휴! 원숭이 녀석들 아마
냄새를 풍기려는 모양이야. 자기들 구역이라

이거지. 그놈들은 자기들 냄새가 좋은 줄 아나 봐."

토이트 아주머니는 코를 막았어요.

"아주 질색인데 말이야!"

나는 걱정이 되어 아주머니에게 물었어요.

"원숭이들은 지금 어디에 있어요?"

"아직 집 안에 남아 있지 뭐니. 경찰관들이
그놈들을 어떻게 쫓아낼지 궁리를 하고 있어. 글쎄,
어떻게 하면 집 밖으로 내쫓을 수 있을까?"

경찰차 두 대가 우리 집 마당으로 들어왔어요.
나는 자리에서 일어나 마당 쪽으로 가 보았어요.
이웃집 아저씨들이랑 아주머니들이 몹시 화가 난
표정으로 웅성거리며 서 있었어요. 우리 집 부엌에
원숭이 몇 마리가 보였어요.

룩스 아저씨가 말했어요.

"채찍을 가지고 들어가서 겁을 주면 어떨까?"

경찰 아저씨 가운데 한 명이 물었어요.

"누가 들어간단 말입니까?"

아무도 대답하지 않았어요.

이번에는 스틴톤 할아버지가 의견을 냈어요.

"안에다 폭탄을 던지는 건 어떨까요?"

경찰 아저씨가 말했어요.

"그러면 집 전체가 무너져 버리지 않을까요?"

갑자기 클러크 아저씨가 끼어들었어요.

"그럼, 물 폭탄을 발사하면 되겠네요!"

내가 얼굴을 찌푸리며 말했어요.

"그러면 책이랑 사진첩이랑 다 못 쓰게 될 텐데요!"

클러크 아저씨 아내, 클러크 아주머니가 우리 모두를 진정시키며 말했어요.

"개코원숭이들과 어떻게 하면 함께 살아갈 수 있을지 생각해 봐야 해요. 옛날부터 이곳에 살아온 동물이잖아요. 자연과 함께하는 동물들이라고요. 우리는 그들과 함께 살아가야 해요."

그러자 토이트 아주머니가 고개를 저으며 말했어요.

"그놈들이 우리 가엾은 읍시를 죽이려고 했다니까요!"

클러크 아주머니가 다시 말했어요.

"원숭이들이 배가 고파서 밖으로 나올 때까지 기다립시다."

아주머니 말에 스틴톤 할아버지가 소리쳤어요.

"그놈들은 늘 배가 고픈 놈들이오. 절대 밖으로 나오지 않을 거라고! 안 되겠어. 지금 당장 권총을 가져오겠어. 가장 큰 녀석을 쏴서 맞추면 나머지는 알아서 해결될 거야!"

　바로 그때 커다란 대장 원숭이가 창문 뒤에 서서
밖을 내다보는 거예요. 우리를 보고 놀랐나 봐요.
무서워하는 것 같기도 했고요.

원숭이들이 집을 차지하고 있을 땐 어떻게 해야
할까요? 물 폭탄을 발사해야 할까요? 정말 화약
폭탄을 던져야 할까요? 채찍이라도 휘둘러야
알아들을까요? 아니면 총을 쏘아야 할까요? 스틴톤
할아버지는 정말로 총을 가지러 집으로 갔어요.

내가 큰 소리로 할아버지에게 물었어요.

"할아버지, 정말 원숭이들은 늘 배가 고파요?"

"그렇단다. 그 녀석들은 끊임없이 배가 고프지!"

그럼, 원숭이들을 어떻게 할 수 있을까요?

그때 나에게 좋은 생각이 떠올랐어요!

나는 경찰 아저씨에게 좋은 생각이 떠올랐다고
했어요. 그런데 경찰 아저씨는 나더러 그냥 정원
밖으로 나가 잠자코 기다리고 있으라고 하지
않겠어요? 아저씨 말이, 지금 상황이 아이들에게는
위험하다는 거예요.

"여기는 우리 집이란 말이에요."

나는 화를 내며 계속 말했어요.

"아저씨들이 우리 집에 총을 쏘는 것을 그냥 두고
볼 수만은 없어요."

그제야 경찰 아저씨는 잠시 생각하고는 물었어요.

"그럼, 넌 어떻게 했으면 좋겠니?"

내가 떠오른 생각을 말하자 아저씨는 고개를
끄덕이며 말했어요.

"우리도 그렇게 하려고 했어!"

경찰 아저씨는 사이렌을 끄고 경찰차를 집에서
조금 떨어진 곳에 세워 두었어요. 우리 모두는
토이트 아주머니 정원 쪽으로 갔지요. 나는
아주머니에게 아주머니 집에 있는 바나나를 좀
달라고 했어요.

"배가 고픈가 보구나. 원하는 만큼 가져가렴."

"정말 고맙습니다."

나는 아주머니 집에 가서 바나나를 통째로 가지고 왔어요. 웁시는 나를 보고 꼬리를 흔들었어요. 나는 우리 집으로 와서 바나나를 잔디밭에 두었어요.

그러고는 우리들 모두 토이트 아주머니 정원 쪽에서

조용히 지켜보며 기다렸지요.

　한동안은 조용했어요. 하지만 이내 대장 원숭이가
울어 대기 시작했어요. 어린 원숭이 하나는
휘파람을 불었어요.
　잠시 뒤, 대장 원숭이가 드디어 창문 밖으로
머리를 내밀었어요. 바나나를 본 거예요! 군침을
삼키는 걸 보니 바나나를 매우 반기는 것 같았어요.
대장은 곧 창문 밖으로 서서히 기어 나왔어요!
그 뒤를 이어 다른 원숭이들 모두가 잔디밭으로
나왔지요.
　원숭이들은 한꺼번에 바나나에 달려들었어요.
원숭이가 모두 나왔다는 것을 확인한 다음, 경찰
아저씨가 달려가서 창문을 닫았지요. 갑작스런
상황에 원숭이들은 깜짝 놀랐어요. 하나같이
재빠르게 거리로 달아났지요. 경찰 아저씨는 다시

사이렌을 울리며 원숭이들을 다리 너머로 멀리
쫓았어요.

클러크 아주머니가 말했어요.

"앞으로는 원숭이들이 접근할 수 없는 쓰레기통을
사야겠어요."

잠시 뒤, 스틴톤 할아버지가 권총을 들고
도착했어요. 할아버지는 무척 실망한 것 같았어요.

할아버지가 말했어요.

"그 녀석들을 총으로 쏴 버렸어야 했는데."

경찰 아저씨가 말했어요.

"원숭이들을 총으로 쏘는 건 안 돼요, 스틴톤 씨."

"그럼, 원숭이들이 사람이 사는 집에 들어오는 건
되는 일이유?"

할아버지가 화난 얼굴로 말을 이었어요.

"가구들이며 집에 있는 것들을 모조리 부수고,

집 안을 아주 난장판으로 만들고, 벽이며 바닥에
똥칠을 하는 건 된단 말이지?"

　그런데 원숭이 한 마리가 도망가지 않고 끝까지
남아 있었던 거예요. 엄마 원숭이인 거 같은데, 나무
둥치에 숨어 있다가 잔디밭 쪽으로 슬며시 걸어
나왔어요. 그런데 이리저리 왔다 갔다 하며
안절부절못하지 않겠어요? 스틴톤 할아버지는 땅에
대고 권총을 쏘았어요. 우리 모두 정말 깜짝 놀랐어요.

"아이고머니나!"

토이트 아주머니가 다급하게 소리를 질렀어요.

웁시는 그만 소파에 오줌을 싸 버렸어요.

클러크 아주머니가 말했어요.

"당장 그만둬요! 동물을 해쳐서는 안 돼요!"

그 엄마 원숭이는 놀라 달아났어요.

스틴톤 할아버지는 만족해하는 얼굴로 말했어요.

"이젠 조용해지겠지."

엄마 원숭이는 멀리 다리 너머에서 구슬피 울어

댔어요.

세 번째 이야기

우리 집은 폭탄을 맞은 듯했어요. 조만간 집을 치우러 청소 회사에서도 올 거고 목수 아저씨랑 페인트칠 아저씨도 올 거예요. 우리는 집이 모두 정리될 때까지 위층에서 지내기로 했어요. 야외용 가스레인지와 꼭 필요한 음식들을 넣을 조그마한 냉장고도 빌려 두었어요. 그런 물건들은 모두 내 방 화장실에 두었지요.

마침내 저녁이 되었어요. 침대로 가 잠을 자려는 바로 그때, 침대 위 이불 속에 뭔가 조그마한 게 움직이는 거예요.

　나는 불을 끄고, 창문을 열었어요. 밖은 아주
깜깜했어요. 밤하늘에는 수천 개나 되는 별들이
반짝이고 있었지만요. 귀뚜라미들이 귀뚤귀뚤
노래를 부르고, 개구리들이 개굴개굴 우는 소리가
강 쪽에서 들려왔어요. 엄마 아빠는 이미 잠이
들었지요. 나는 조심조심 침대 쪽으로 다가갔어요.

이불 속에 조그마한 무언가가 있는 게 분명했어요.
위아래로 천천히 움직이고 있었지요.

    나는 가만히 손을 대어
보았어요. 정말 따뜻하지
뭐예요! 살며시 이불을
들췄더니, 아기 원숭이가
손가락을 빨며 잠을 자고 있는
거예요!

    이게 어찌 된 일일까요? 아기 원숭이가 세탁용
세제를 먹어서 배탈이 난 걸까요? 그래서 혼자 이
층까지 올라온 걸까요? 우연히 내 침대를
발견하고는 여기서 잠이 든 걸까요? 아기 원숭이는
엄마가 자기를 찾다가 가엾게도 스틴톤 할아버지가
쏘는 권총 소리에 놀라 달아난 사실을 알까요?

    나무둥치에 숨어 있던 아까 그 엄마 원숭이가

바로 이 아기 원숭이의 엄마가 틀림없어요.
어떡하죠? 너무 늦은 밤이라 아기 원숭이를 엄마
원숭이에게 데려다 주러 갈 수도 없는데 말이에요.
　난 아기 원숭이에게 속삭였어요.
　"귀여운 아기 원숭이야, 내가 널 보살펴 줄게."

　내가 아기 원숭이 머리를 부드럽게 쓰다듬어
주자, 아기 원숭이는 졸린 듯 눈을 감았어요. 아기
원숭이의 털은 무척이나 부드러웠어요. 귀는
커다랗고 얇았는데 만져 보니 따뜻했어요.
　순간, 아기 원숭이가 커다란 눈망울을 깜빡이지
않겠어요? 난 아기 원숭이의 까만 손을 살며시 잡아
보았어요. 어찌나 작은지, 진짜 손이라고 믿어지지
않을 정도였어요.
　나는 조용히 속삭였어요.
　"조그마한 우리 아기."

처음에는 겁에 질려 있던 아기 원숭이도 어느새
긴장이 풀렸는지 편안해 보였어요. 아기 원숭이가
자꾸만 자기 배에다 손을 갖다 대는데 배가 아픈
건지, 배가 고픈 건지 알 수가 없었지요.

나는 조심조심 아기 원숭이를 끌어안았어요.
그러자 아기 원숭이가 내 잠옷 속으로 몸을 파묻지
뭐예요! 나는 아기 원숭이를 안고서 조용조용
부엌으로 갔어요. 냉장고 문을 열자 냉장고에서
나오는 불빛 때문인지 아기 원숭이가 겁에 질려
소리를 질렀어요. 난 요구르트를 하나 꺼내고
재빨리 문을 닫았어요. 불빛이 사라지자 아기
원숭이는 다시 안정을 찾았어요. 난 접시에
요구르트를 담아서 아기 원숭이에게 주었어요.
요 녀석이 배가 고팠던 게 맞는 거겠죠?
나는 아기 원숭이이게 조용히 말했어요.

"요구르트는 배 아픈 데도 좋단다."

나는 또 바나나를 으깨서 아기 원숭이에게
먹였어요. 이제 아기 원숭이도 배가 부를 거예요.
트림까지 하는 거 있죠?

아기 원숭이 손이 끈적끈적했어요. 자기 전에
손을 깨끗하고 뽀송뽀송하게 닦아 줘야겠죠?
난 어둠 속에서 아기 원숭이의 손을 비누로 씻겨
주었어요. 아기 원숭이가 비누를 먹으려는 바람에
조용히 타일러 주었지요.

"안 돼! 또 배가 아플 수도 있거든."

손을 씻긴 다음엔 배, 등, 발도 차례로 씻겨
주었어요. 마지막에는 샴푸로 머리도 감겨
주었지요. 샴푸가 얼굴에 닿자 아기 원숭이가 낑낑
울었어요. 그 조그마한 손으로 눈을 가리면서요.

나는 놀라서 "아이고, 미안, 미안." 하고 아기

원숭이를 달랬지요. 다 씻긴
다음, 나는 커다란 수건으로
아기 원숭이를 감싸고는
부드럽게 닦아 주었어요.
양치질은 도저히 시킬 수가
없었어요. 칫솔을 자근자근
물어뜯어 버렸거든요.

   자, 이제 침대로 가서 잘 거예요. 아기 원숭이를
내 품에 꼭 안고요. 아기 원숭이는 재채기를 하는 것
같더니, 내 배 위에 올라와서 잠을 자기 시작했어요.
   "우리 귀여운 아기 원숭이."
   나는 가볍게 아기 원숭이를 토닥여 주었어요.
내가 그렇게 정성을 들여 돌봐 주었는데도
아기 원숭이는 엄마가 많이 보고 싶나 봐요. 계속
슬퍼 보였거든요. 아기 원숭이를 어떻게 달래 주면

좋을까요?

　나는 아기 원숭이를 품에 안고 마당 잔디밭으로 나갔어요. 작은 인형을 안고 있는 것처럼 느껴졌지요. 밖은 아주 깜깜했지만, 곧 하늘의 반짝이는 별들이 눈에 들어왔어요. 아기 원숭이도 하늘의 별을 보면서 조금은 안심하는 것 같았어요. 개구리가 개굴개굴, 귀뚜라미도 귀뚤귀뚤 노래를 불렀어요. 우리는 오랫동안 잔디밭에 서서 하늘을 올려다보았지요. 머리 위로 흐르는 커다란 하늘을 계속 바라보고 있으려니 좀 어지러웠지만요.

　난 아기 원숭이를 위해서 별에 관한 노래를 불러 주었어요.
　"반짝반짝 작은 별 아름답게 비추네.
　서쪽 하늘에서도, 동쪽 하늘에서도,

반짝반짝 작은 별 아름답게 비추네."

아기 원숭이도 마음이 한결 편안해진 모양이에요.

이제 다시 침대로 돌아가서 자야겠어요.

아기 원숭이는 다시금 내 배 위에서 잠들겠지요.

다음 날 우리는 새벽녘에 깼어요. 새들이 지붕
위를 높이 날며 크게 지저귀고, 아기 원숭이는
또다시 엄마 원숭이를 그리워했어요. 엄마 품으로
빨리 돌아가고 싶나 봐요. 나는 잠옷 가운을 걸치고,
운동화를 신고, 아기 원숭이를 데리고 밖으로
나갔어요. 아기 원숭이는 내 어깨에 올라앉았어요.
신이 났는지 내 어깨 위에서 올라갔다 내려갔다
하며 장난을 쳤지요.

다리를 건너기 시작할 때쯤, 아기 원숭이는 거의
울부짖다시피 했어요. 저 멀리 원숭이들이 모두
깨어나서 나무 위에 앉아 있는 모습이 보였어요.
내가 가까이 다가가자, 원숭이들은 숨을 죽였어요.
그때, 원숭이 한 마리가 단번에 나무에서
내려왔어요. 바로 그 엄마 원숭이였어요! 나는

가만히 몸을 낮추어 아기 원숭이를 조심스레 바닥에
내려 주었어요. 아기 원숭이는 엄마 원숭이에게로
곧장 달려갔지요.

아기 원숭이는 폴짝 뛰어서 엄마 품에 안겼어요.
아기 원숭이가 눈을 깜빡였어요. 엄마 원숭이는
아기 원숭이와 나무 위로 기어 올라갔어요.
아기 원숭이가 가만히 나를 돌아보네요. 나도
아기 원숭이의 까만 눈을 마주 보았어요. 내 귀여운
아기 원숭이를 향해 손을 흔들었지요.
"내 사랑스런 아기 원숭이! 그동안 고마웠어!"
나는 혼자서 집으로 천천히 걸어갔어요. 어느덧
태양이 떠오르고 있었지요. 나는 몇 번이고 몇 번이고
뒤를 돌아보고 손을 흔들었어요. 아기 원숭이를
만나러 자주 가야겠어요. 아기 원숭이가 나를
잊어버리지 않도록 하려면 아무래도 그래야겠죠?

옮긴이의 말

아프리카는 참 재미있는 곳인 것 같아요! 가끔 원숭이들이 나타나 말썽을 피우기도 하지만요.

그곳에서 직접 보는 원숭이들은 동물원에 가서 보는 원숭이랑은 틀림없이 다르겠지요? 아프리카는 동물원에 가는 기분과는 또 다른 느낌으로 사랑스런 원숭이 친구를 찾아가 만나 볼 수 있는 곳이에요.

《내 사랑스런 개코원숭이》에 나온 아기 원숭이처럼, 자연에 사는 동물들도 우리와 똑같이 엄마 아빠와 다정하게 살고 싶은 친구들이에요. 주인공 소년은 동물들과 자연을 있는 그대로 사랑하는 맑은 눈을 가졌어요. 이 소년 덕분에 품에 안아 보고 싶은 귀여운 아기 원숭이를 나도 알게 된 것 같은 기분이 들어요.

마음 따뜻한 주인공 소년처럼 우리도 나무 아래에 앉아
작은 아기 원숭이와 얘기를 나눠 보면
얼마나 좋을까요?
개구리가 울고, 귀뚜라미가 노래를
부르는 깊은 밤에 사랑스런 아기 원숭이를
동무 삼아 산책을 하는 상상을 해 보세요.
어깨 위에서 가볍게 발을 구르는
아기 원숭이와 밤하늘을 가득 채운
별들이 함께 떠오르나요?

황덕령